J. E. Curtz

Ballade vom Wolf und dem Raben

J. E. Curtz

Ballade vom Wolf und dem Raben

FSC
www.fsc.org
MIX
Papier aus verantwortungsvollen Quellen
Paper from responsible sources
FSC® C105338

Bibliografische Information der Deutschen Nationalbibliothek: Die Deutsche Nationalbibliothek verzeichnet diese Publikation in der Deutschen Nationalbibliografie; detaillierte bibliografische Daten sind im Internet über http://dnb.dnb.de abrufbar.

Verlag: BoD · Books on Demand GmbH, Überseering 33, 22297 Hamburg, bod@bod.de

Druck: Libri Plureos GmbH, Friedensallee 273, 22763 Hamburg

ISBN: 978-3-7597-8343-1

Inhalt

I. Der alte Meister 7

II. Ein Sack voll Gold 13

III. Mutter Derydiu 18

IV. Von Aarden 26

V. Die weiße Wölfin 31

VI. Der Rabe 37

VII. Unsterblich 42

I. DER ALTE MEISTER

Wütend zerriss der Dichter das Papier und warf es in die Ecke seines Schreibzimmers; dorthin, wo sich bereits ein ganzer Stapel zerknüllter und zerfetzter Papierknäuel auftürmte. Er war drauf und dran, das Tintenfass gleich hinterherzuwerfen und dem beruhigenden Klang von splitternder Keramik zu lauschen, wenn das filigran verzierte Gefäß an der Wand aufprallte und zerbrach. Doch die Tintenpreise waren zu hoch für eine derartige Verschwendung und noch dazu war das kleine Fässchen ausgerechnet ein Geschenk einer früheren Geliebten gewesen. Der Dichter hatte viele Geschenke im Laufe seiner Zeit erhalten, manche davon mehr und manche weniger nützlich, manche sehr teuer und dafür außerordentlich geschmacklos, andere wieder sehr einfach und dafür aber umso schöner. Dieses Tintenfass war ein Geschenk der letzten Gattung. Weder Gold noch Silber, stattdessen nur weiße und gelbe Blumen auf dunklem Grund, kunstvoll in symmetrischen Mustern angeordnet, und auf dem Deckel der Name des Dichters: Meister Emrys.

Nein, dieses Geschenk konnte er leider nicht an der Wand zerschmettern, so sehr es ihn auch in den Fingern juckte. Stattdessen griff Meister Emrys nach seinem Weinkelch, stürzte noch schnell den letzten Schluck herunter und warf den Kelch dann mit aller Wucht, die ein angetrunkener alter Mann aufbringen konnte, gegen die Wand. Ein dumpfer Aufschlag, ein melodisches *Klonk,* dann purzelte der hölzerne Kelch auch schon in das Massengrab von Gedichten am Boden. Einige letzte Tropfen Wein spritzten dabei auf das Papier; schön sah das aus, wie Blut im Schnee. So poetisch. Und doch nicht poetisch genug, dass es dem Dichter seine Worte zurückbringen konnte.

»Du hast doch schon genug Gedichte geschrieben«, pflegte der Jungspund im Wirtshaus *Zur schönen Aussicht* zu sagen, wenn Meister Emrys ihm bei Speis und Trank sein Leid klagte. »Warum willst du denn noch mehr schreiben?«

Ja, was sollte er denn sonst den lieben langen Tag tun? So viel Wein konnte er gar nicht saufen, um die Zeit von Sonnenaufgang bis Sonnenuntergang zu vertreiben. Lange Spaziergänge entlang des Flussufers hatte er auch schon versucht. Aber nach Idylle suchte man an der Alau vergebens, stattdessen quoll der Fluss über vor Fischerbooten und Handelsschiffen, die zwischen Vilgbiehl und Nordweide verkehrten. Manch Dichter empfand die Schifffahrt als Inspiration, aber für gute Geschichten taugte nur das Meer, nicht der Fluss. Die Fluss-Schifffahrt war das behütete Heim für ausgediente alte Seemänner oder für junge Feiglinge, die sich nicht auf das Meer wagten, weil sie die Gewalten der Natur fürchteten. Niemand erzählte von den tosenden Wellen der Alau, niemand sang Lieder über Flussmonster, die ganze Schiffe verschlangen. Wenn überhaupt ertrank hier ab und zu mal ein Kind. Und wer über so etwas Gedichte schrieb, war ein verwerflicher Mensch und ein geschmackloser Künstler.

»Du hast deinen Dienst auf dieser Welt getan«, sagte die Priesterin, wenn Meister Emrys in den Tempel kam und verzweifelt nach Antworten suchte, warum Gearydd, Patron der Kunst, ihn verlassen hatte. »Gearydd hat dich nicht verlassen, er dankt dir, indem er dir die Last nimmt, weiter schreiben zu müssen.«

Die Last, schreiben zu müssen? Bei den verdammten Ahnen, es war eine Last, nicht schreiben zu können! Warum hatte er denn sonst als junger Mann die Feder ergriffen, wenn nicht, weil es alles war, was er tun wollte? Und nun sollte er einfach schweigen? Sollte die Feder in der Ecke seines Schreibzimmers verstauben lassen, bis er das Zeitliche segnete? So nicht, so hatte er nicht geplant, alt zu werden. Was war denn ein Dichter ohne sein Wort? Das war wie ein Hund ohne seine Rute, wie ein Vogel ohne seine Flügel, wie eine Sirene ohne ihre Stimme, wie ein Fisch ohne seine Flosse, wie ein Schiff ohne Wasser, wie eine Nacht ohne Tag, wie ein Winter ohne Sommer, wie ein Apfelbaum ohne Äpfel, wie ein… Ja, wie ein Dichter ohne Wort eben! Ein Leben ohne Sinn war das.

Sollte sie doch alle der Geier holen, den Jungen aus dem Gasthaus, die Priesterin aus dem Tempel. Sie alle verstanden nicht, dass der alte Meister ohne seine Kunst nicht leben wollte, nicht leben konnte. Also versuchte er ihnen zu trotzen, indem er dennoch weiter schrieb. Doch die Worte verließen seine Feder nur schwerfällig, als würde er sie langsam und qualvoll in Stein ritzen, und mindestens jedes zweite davon war falsch und wurde wütend wieder durchgestrichen, bis das gesamte Papier nur noch aus wilden Kritzeleien bestand, die aussahen, als hätte sie ein Tollwütiger verfasst. Vielleicht war er ja krank, dachte sich Meister Emrys, und suchte seinen Arzt auf. Sicherlich gab es irgendeine Krankheit, die den Geist verfaulen ließ und aus einem einst vernünftigen Menschen einen Wahnsinnigen machten. Aber auch der Arzt wollte ihm nicht zuhören. Derartige Krankheiten gäbe es nicht. Der Meister sei schlichtweg alt geworden und solle sich damit abfinden, dass nicht nur der Körper, sondern auch der Geist mit der Zeit nachließ. Das sei nur natürlich und kein Grund zur Beunruhigung. Meister Emrys versuchte sich daraufhin an einem Gedicht über pickelnäsige Ärzte mit Mundgeruch. Aber auch daraus wurde nichts. Die Worte blieben ihm nach wie vor verwehrt, vielleicht auch deswegen, weil der Arzt eigentlich gar nicht so widerlich war, wie er ihn darstellen wollte.

Meister Emrys hatte zu den Hochzeiten seines Lebens für vielerlei Klienten gedichtet, einmal sogar für den König höchstpersönlich, zum Anlass seiner Krönung im Jahre 893. Noch im gleichen Jahr hatte der damals junge König seine Amtszeit mit der Auflösung aller Magiergilden eingeläutet und sich damit außerordentlich unbeliebt gemacht. Da hatte Meister Emrys für eine Weile bereut, ein Lobgedicht auf ihn verfasst zu haben – aber die Bezahlung war gut gewesen und so sparte er sich die Reue und begnügte sich damit, einfach nicht mehr über jenes Gedicht zu reden. Überhaupt hatte Meister Emrys über die Jahre ein gutes Vermögen aufgebaut mit seiner Kunst. Er verstand es, wohlhabende Geldgeber zufriedenzustellen, ohne seine Würde und Authentizität als Künstler zu verlieren. Niemand war so geschickt darin wie er, Lobpreisungen derartig interpretationsoffen zu schreiben, dass sie sowohl für als auch gegen den Klienten verwendet werden konnten, je nachdem, was ihm gerade besser gefiel. Somit hatte er sich sowohl den Argwohn als auch den Respekt seiner Zunft erarbeitet, ein Gedicht und einen Sack Gold nach dem anderen.

Meister Emrys hatte manche Liebhaberinnen, aber nie eine Frau gehabt, geschweige denn Kinder. Umso älter er wurde, umso öfter fragte man ihn, ob er denn nicht einsam war, und er antwortete darauf stets mit einem selbstbewussten: Ja, ich bin einsam – aber ich kann mir nichts Herrlicheres vorstellen. Gesellschaft war schön und gut, solange sie nur von kurzer Dauer war. Musste er es länger mit einem anderen Menschen aushalten, trieb es ihn beinahe an den Rand des Wahnsinns. Dann bemerkte er, wie laut so ein Mensch eigentlich atmete, wie streng er roch und wie ungestüm er sich durch die Gegend bewegte. Viele seiner Liebschaften hatten damit geendet, dass die Frauen es gewagt hatten, in seinem fein säuberlich sortierten Schreibzimmer ein Tintenfass, einen Wachsstift, eine Öllampe oder gar seine Federsammlung zu bewegen. Schlimm genug, dachte er sich, dass sie nach dem Essen den Stuhl nicht richtig an den

Tisch schoben, oder dass sie im Schlaf schnarchten oder ihre langen Haare auf seinem Kopfkissen hinterließen. Aber in seinem Schreibzimmer, da hörte seine Geduld wirklich auf. Nur die Frau, die ihm das kleine Tintenfass mit den weißen und gelben Blumen geschenkt hatte, war anders gewesen. Sie hatte Rücksicht auf ihn genommen und ihn in Ruhe gelassen, wenn er sie darum gebeten hatte. Doch sie war eine Hofmagierin gewesen und Magier pflegten nie lange an einem Ort zu bleiben. Anders als Meister Emrys, der in Sonnweide geboren war und in Sonnweide sterben wollte.

Von seinem angesammelten Vermögen bezahlte er ein kleines Haus mit Blick auf die Weinberge im Süden, unweit des Gasthauses *Zur schönen Aussicht*. Hier lebte er allein, ließ einmal die Woche aber ein Zimmermädchen zu sich kommen, um Dreck und Staub hinfort zu fegen, denn davon musste er immer so schrecklich husten. Nur das Schreibzimmer durfte auch sie nicht betreten. Vielleicht war es besser so, wenn niemand all das zerrissene Papier in der Ecke sah. Die Leute würden noch denken, er wäre wahnsinnig geworden. Und vielleicht war er das auch wirklich.

Seufzend fischte Meister Emrys den Kelch aus dem Berg von Papierleichen, wischte mit dem Ärmel einen Tropfen Wein vom Rand und stellte das Gefäß zurück an seinen Platz. Dann machte er sich daran, das Papier aufzusammeln und in einen Korb zu verlagern. Die Weispritzer sahen tatsächlich aus wie Blut an den leblosen Körpern gefallener Krieger. So poetisch, und doch nicht poetisch genug.

Noch am selben Abend verbrannte der alte Meister das Papier im Feuer des Kamins, danach reinigte er seine Federn wie jeden Abend und bettet sie sorgfältig in ein schmales Holzkästchen, das er neben das Tintenfass mit den weißen und gelben Blumen legte. Seit er sich erinnern konnte, tat er das, ehe er bei Einbruch der Dunkelheit zu Bett ging. Doch dieser Abend, wusste er, war anders als alle vorangegangenen. Denn an diesem Abend verschloss er die Tür seines Schreibzimmers, ließ den Schlüssel in eine Vase mit vertrockneten Blumen fallen und schwor sich, ihn nie wieder herauszuholen. Der Dichter hatte seinen Dienst auf dieser Welt getan und wollte von nun an seinen Lebensabend lang kein Wort mehr schreiben.

II. EIN SACK VOLL GOLD

Zwei Jahre nachdem der Dichter seine Kunst begraben hatte, klopfte es eines Tages im Spätsommer an seiner Tür. Der Dichter schreckte auf, als er das Geräusch hörte, und ließ beinahe die Blumenvase fallen, die er gerade mit einem neuen Strauß bestückt hatte. Weiße und gelbe Nelken, wie er sie jeden Sommer kaufte, seit die Hofmagierin ihm bei ihrer ersten Begegnung welche geschenkt hatte. Behutsam stellte der Dichter die Vase an ihren Platz am linken Rand des Esstisches, ehe er zur Tür ging. Das Herz stolperte ihm noch immer in der Brust vor Schreck, als er den Riegel zurückschob und die Klinke herunterdrückte.

Auf der Straße stand ein Mann, den Meister Emrys etwa fünfzig Jahre alt schätzte, von großer und athletischer Statur. Er hatte kurzgeschorenes graues Haar, das vermutlich einmal blond gewesen war, ein markantes, rasiertes Kinn, und trug ein dunkelrotes Wams, das nach der aktuellen Mode geschnitten war, mit breiten Schultern und zierenden Streifen an den Ärmeln. Am rechten Ohr blitzte ein kleiner goldener Ohrring in der Sonne.

Auf den ersten Blick hätte man den Fremden für einen Kaufmann halten können, doch wer sich mit Kaufmännern auskannte, wusste, dass sie einander stets in der Größe ihrer Hüte zu übertrumpfen versuchten und nicht selten einen stattlichen Bauch vor sich her trugen. Dieser Mann aber besaß weder einen Hut noch schien er mehr zu essen als zu laufen und auch eine

Begleitung oder ein Reittier waren weit und breit nicht zu sehen.

»Seid Ihr Meister Emrys, der Dichter?«

Den alten Meister ärgerte es, dass der Fremde schneller die Sprache fand als er.

»Der bin ich«, antwortete er und richtete sich auf, um sich neben dem Hünen etwas weniger klein zu fühlen, doch dieser Versuch war vergebens.

Der Fremde setzte ein charmantes Lächeln auf und verneigte sich mit einer Hand auf der Brust.

»Sehr erfreut, Meister Emrys. Gestatten, mein Name ist Igor von Aarden aus dem Großfürstentum Jorden in Sarenja. Ich bin lang gereist, um Euch anzutreffen, Meister. Verzeiht, darf ich eintreten?«

Igor von Aarden wartete gar nicht auf eine Antwort des Dichters, sondern schob sich wie selbstverständlich an ihm vorbei durch die Tür.

»Ich habe viel von Eurer Kunst gehört, und zwar durch und durch Gutes«, redete er weiter, ohne dabei das Lächeln zu verlieren. Irgendetwas an diesem Lächeln war Meister Emrys nicht geheuer, aber er konnte nicht in Worte fassen, was es war. Da waren sie wieder, die verlorenen Worte.

»Es heißt, Ihr seid einer der besten Dichter unseres Jahrhunderts, wenn nicht gar der Beste. Man sagte mir, Ihr seid vor zwei Jahren in den Ruhestand gegangen und führt seitdem ein zurückgezogenes Leben.«

Emrys konnte sich nicht erinnern, wann er jemals kein zurückgezogenes Leben geführt hatte.

»Das ist richtig, ich bin im Ruhestand«, sagte er aber bloß und war erleichtert über diese Gelegenheit, endlich wieder das Ruder in die Hand zu nehmen. »Wie kann ich Euch behilflich sein? Wünscht Ihr ein signiertes Exemplar meiner Gedichtbände? Oder seid Ihr selbst gar Dichter und wünscht den Rat eines alten Meisters?«

Igor von Aarden war sicherlich kein Dichter, soviel wusste Emrys, aber es gehörte sich, seinem Gegenüber mehr als eine Auswahlmöglichkeit zu geben.

»Weder noch«, erwiderte Igor und bestätigte damit die insgeheime Befürchtung des alten Meisters. Ohne zu fragen, griff er sich einen Stuhl und setzte sich an den Tisch, auf dem Emrys soeben erst die Blumenvase abgestellt hatte. Emrys ärgerte sich über die Dreistigkeit seines ungefragten Gastes, versuchte sich aber nichts anmerken zu lassen.

»Ich bin hier, um ein Gedicht vom großen Meister höchstpersönlich anzufragen, und ich biete Euch einen gebührenden Lohn.«

»So leid es mir tut«, sagte Emrys, ohne dabei auch nur einen Funken Bedauern zu verspüren. »Ich bin aus gutem Grund im Ruhestand. Die Worte haben mich verlassen, ich habe zu Ende gedichtet und tauge nicht mehr für Aufträge. Aber ich kann Euch gern an einen jüngeren Kollegen verweisen.«

Ehe er seinen Satz überhaupt beenden konnte, löste Igor von Aarden einen Sack von seinem Gürtel und ließ ihn auf den Tisch fallen. Das schwere Klimpern von Münzen war zu hören und der Stoff des Säckchens wölbte sich.

»Ich biete Euch zwanzig Goldtaler.«

Meister Emrys musste schwer schlucken. Es mangelte ihm nicht an Geld, schließlich hatte er immer sparsam gelebt, doch eine derartige Summe war schwer auszuschlagen. Noch viel größer aber als das Verlangen nach dem Gold war die Befürchtung, dass der Herr im roten Wams eine Zurückweisung gar nicht zulassen würde – denn so selbstverständlich, wie er dort an dem Tisch saß, schien er bereit, so lange zu verhandeln, bis er seinen Willen bekäme.

Eine Weile sahen der Dichter und der sonderbare Fremde einander wortlos an, dann rang Emrys sich ein Lächeln ab, senkte den Kopf und setzte sich gegenüber von Igor an den Tisch. Eigentlich war ihm gar nicht danach, zu sitzen, doch unter dem Tisch könnte der Andere das wütende Zittern seiner Beine nicht sehen.

»Das ist viel Geld«, sagte Emrys langsam. »Euch muss dieses Gedicht viel wert sein, dass Ihr so viel dafür zu zahlen gewillt seid. Worum geht es? Ein Liebesgedicht an die Angebetete? Ein Lobesgesang auf einen Sohn? Ein Hochzeitsgeschenk für eine Tochter?«

All das waren die üblichen Dinge, um die seine Klienten ihn baten. Doch Emrys ahnte, dass für eine derartige Summe weder das eine noch das andere zutraf. Er wurde in seiner Annahme abermals bestätigt.

»Ich möchte, dass Ihr ein Gedicht über mich schreibt.«

Als Emrys den Kopf hob, um seinem Gegenüber ins Gesicht zu schauen, begriff er endlich, was an Igors Lächeln so unheimlich wirkte: Seine Zähne blitzten, aber seine Augen blieben kalt.

»Bis auf Euren Namen habt Ihr bisher wenig über Euch preisgegeben«, meinte Emrys. »Wer seid Ihr, Igor von Aarden, und was ist Euer Lebenswerk?«

»Mein Lebenswerk ist eines, das es noch zu schaffen gilt und dessen Vollendung Ihr vermutlich nicht mehr erleben werdet. Deswegen ist es mir umso wichtiger, es niederschreiben zu lassen, bevor Ihr und Eure meisterhafte Kunstfertigkeit von unserer Welt scheidet.«

Emrys wusste, dass er alt war. Aber es war etwas anderes, ob man es wusste oder ob man von einem Fremden darauf hingewiesen wurde. Zweiteres konnte auch ein Sack voll Gold nur bedingt wiedergutmachen. Emrys war sehr empfindsam, wenn es um Beleidigungen ging, und derlei Aussagen empfand er sehr wohl als Beleidigung.

»Ihr bietet mir also zwanzig Goldtaler, um ein Gedicht über Taten zu schreiben, die noch nicht geschehen sind?«, hakte Emrys nach. Der Spott in seiner Stimme war gewollt und gezielt. »Seid froh, dass ich ein Künstler und kein Geschichtsschreiber bin.«

Igor blieb von seiner Stichelei unbeeindruckt. Er klopfte auf das Säckchen.

»Das hier ist nur die Anzahlung. Wenn Ihr mit Eurer Arbeit fertig seid, so verspreche ich Euch, werde ich dafür sorgen, dass Euer Gedicht unsterblich wird.«

Emrys musste sich zurückhalten, nicht laut zu lachen. Unsterblichkeit, was war das schon?

»Ich mache mir nichts aus Unsterblichkeit. Aber das Gold nehme ich gleichwohl.«

Igor von Aarden lächelte triumphierend. Meister Emrys verstand nicht ganz, warum, schließlich war er derjenige, der soeben eine Menge Gold für ein paar geschriebene Worte ausgegeben hatte. Er hatte nie begriffen, warum die Selbstverewigung den Reichen und Mächtigen derart wichtig war, er hatte sie sein Leben lang bloß klug auszunutzen gewusst. Am Ende waren sie alle gleich, einer selbstverliebter als der andere, und so unglaublich verängstigt vor dem Tod und vor dem Gedanken, vergessen zu werden. Vielleicht war es die innere Leere, die sie so zu füllen versuchten: Mit edlen Kleidern, pompösen Festen, üppigem Essen, großen Anwesen und teuren Gemälden und Gedichten zu ihren Ehren.

»Und noch etwas«, setzte Igor hinzu. »Ich erwarte von Euch höchste Diskretion bezüglich meiner, Eures Geldgebers. Ich denke, das sollte im Preis mit inbegriffen sein.«

Meister Emrys wusste ohnehin nicht, wem er von dieser Begegnung hätte erzählen sollen, wenn nicht den Nelken auf dem Tisch. Er war schon immer ein besserer Zuhörer als Redner gewesen.

»Einverstanden.«

III. MUTTER DERYDIU

Meister Emrys schenkte sich und seinem Gast Wein ein. Er besaß nur Holzkelche, denn weder Glas noch Keramik mochte er an seinen Lippen spüren. Der Wein stammte aus Sonnweide, Jahrgang 924, vergangener Sommer. Der Winzer der Stadt verkaufte dem alten Dichter jedes Jahr ein Fass für einen vergünstigten Preis, denn Emrys hatte Zeiten seines Lebens viele Gedichte über die Schönheit seiner Weinberge geschrieben. Das waren jene Gedichte, die zu ihm kamen, wenn er vom Fenster seines Schreibzimmers aus auf die Berge blickte und sich an der Aussicht erfreute.

Nachdem der Wein eingeschenkt war, kramte Meister Emrys aus einem Schrank zwei Wachstafeln hervor. Die benutzte er, um sich Notizen zu machen, wenn ein Klient ein Gedicht bei ihm anfragte. So hatte er es immer getan und so würde er es auch diesmal tun. Ein letzter Auftrag, ein letztes Gedicht. Für zwanzig Goldtaler und vermeintliche Unsterblichkeit.

Igor von Aarden sah sich neugierig in der Stube um, während Meister Emrys seine Vorkehrungen traf. Etwas zu neugierig, dachte sich der Meister, sagte aber nichts. Er hatte schon jede Art von Klienten ertragen. Vermutlich war er es nach zwei Jahren Ruhestand einfach nicht mehr gewohnt, einen anderen Menschen in seinem Haus sitzen zu haben. Zumindest, wenn man von dem Zimmermädchen absah, das sich ohnehin nie setzte, sondern nur fleißig seine Arbeit verrichtete, sich ein

Säckchen Silbertaler in die Hand drücken ließ und dann wieder ging. Manchmal versuchte die mittelalte Frau dabei ein Gespräch mit dem Greis anzufangen, aber das blieb meist sehr einseitig. Irgendwann begann das Zimmermädchen schließlich, sich bei seinen Besuchen das Leid von der Seele zu schimpfen. Mal schimpfte sie über den Ehemann, mal über die Eltern, mal über die Nachbarin, und vor allem über die Leute, für die sie arbeitete. Meister Emrys sagte nie viel dazu, aber er war ein guter Zuhörer. Und das wusste das Zimmermädchen zu schätzen.

Mit einem schweren Stöhnen ließ Meister Emrys sich wieder am Tisch nieder und legte die Tafeln vor sich hin. Er erinnerte sich noch an Zeiten, da hatte er sich über ältere Klienten belustigt, die bei jeder Bewegung angestrengt stöhnten – nun war er selbst der Alte und spürte, wie sein Körper mit jedem Jahr unbeweglicher und schwächer wurde. Da konnten auch die vielen Wanderungen entlang des Flusses oder durch die Weinberge nichts dran ändern. Völlig natürlich und kein Grund zur Beunruhigung. Irgendwann holte die Zeit jeden ein.

»Wisst Ihr, Igor von Aarden, was einen guten Dichter von einem schlechten unterscheidet? Der schlechte Dichter sucht nach den Anfängen, ohne überhaupt das Ziel zu kennen. Ein guter Dichter aber versucht erst das Ziel zu begreifen, ehe er seinen Ursprung ergründet.«

Meister Emrys nahm seinen Griffel in die Hand und testete das Wachs der Tafel. Es war ein warmer Tag und die Buchstaben ließen sich mühelos hineinritzen. Sein Gast beobachtete ihn aufmerksam und lächelte dabei. Dieses seltsame Lächeln wollte auch einfach nicht von seinem Gesicht verschwinden. Wenn Meister Emrys etwas nicht leiden konnte, dann waren es Gefühlsregungen, die nicht zur Situation passten. Aber für einen Sack voll Gold nahm er das hin. So wie er jahrzehntelang für einen Sack voll Gold alles hingenommen hatte.

»Ihr sagt, Euer Lebenswerk gilt es noch zu schaffen«, wiederholte Meister Emrys die Worte des Geldgebers. »Erzählt mir, was ist dieses Lebenswerk? Was gedenkt Ihr zu schaffen?«

Das Lächeln auf Igors Gesicht wurde noch etwas breiter und er lehnte sich selbstgefällig zurück, als hätte er nur auf diese Frage gewartet. Meister Emrys war gespannt auf seine Antwort.

»Ich gedenke die Ordnung unserer Welt zu ändern. Den König und seinen Rat zu stürzen und die verlogenen Elfen vom Kontinent zu vertreiben. Und wenn es nötig ist, um dieses Ziel zu erreichen, dann gedenke ich auch, unsterblich zu werden.«

Wenn einer von den beiden Männern am Tisch wahnsinnig war, dann war es zweifelsohne nicht Meister Emrys, dessen war er sich nun sicher.

»Der Mensch sucht seit Anbeginn der Zeit nach Unsterblichkeit«, meinte Meister Emrys. »Er hat sie in Zaubertränken gesucht, in heiligen Wassern, in mystischen Ritualen. Und er hat sie nie gefunden. Was lässt Euch glauben, Ihr könntet sie finden?«

»Weil ich sie bereits gefunden habe. Ich habe den Schlüssel gefunden und ich bin kurz davor, das Tor zum ewigen Leben zu öffnen. Der Schlüssel war nie versteckt, er war einfach nur schwer zu gewinnen. Aber ich habe ihn erobert und ich werde ihn nutzen, wenn die Zeit reif ist.«

»Und was genau ist dieser Schlüssel?«, wollte Meister Emrys wissen. Er hütete sich, dabei spöttisch zu klingen, denn die Augen seines Gegenübers sprühten beinahe Funken vor lauter Tollerei, und Meister Emrys wollte den Mann nicht erzürnen. Zwanzig Goldtaler waren zwanzig Goldtaler.

»Der Schlüssel ist der Rabe Lojnirn.«

»Der Rabe Lojnirn ist eine mystische Gestalt. Es gibt keinen Lebenden, der ihn je gesehen hat.«

»Exakt – keinen Lebenden. Aber wer sollte die Seelen der Toten nach Vilgard tragen, wenn nicht Lojnirn?«

»Ich sehe noch nicht, was der Rabe Lojnirn mit Unsterblichkeit zu tun hat.«

»Nur der Drachenkönig Harsgard und der Rabe Lojnirn sollen jemals in der Lage gewesen sein, zwischen dem Hier und dem Jenseits zu wandeln. Das macht sie weder tot noch lebendig – in anderen Worten, unsterblich. Der Schlüssel zur Unsterblichkeit ist also der Rabe Lojnirn.«

»Das ist vielleicht ein schöner Gedanke, aber eine Legendengestalt wird meistens deshalb als eine solche bezeichnet, weil sie nicht real ist.«

Igor von Aarden fletschte die Zähne. Es sollte wohl ein Lächeln sein, aber es wirkte eher wie eine Drohgebärde.

»Welch unpoetische, nüchterne Worte für einen Dichter. Ich dachte, Eure Zunft gehört den Träumern und den Hoffnungsvollen?«

»Ich bin vielleicht ein Meister der Worte, aber kein Illusionist. Ich befasse mich mit den Angelegenheiten der realen Welt und nicht mit denen der Hirngespinste.«

»Seid Ihr fromm?«, fragte Igor mit einem Mal und brachte den Dichter kurz ins Stocken. »Ich hörte, Ihr besucht regelmäßig den Tempel.«

Meister Emrys antwortete nicht darauf, aber Igor von Aarden wartete auch gar nicht auf seine Antwort.

»Sagt mir, warum glaubt Ihr an die Ahnen, aber nicht an Lojnirn? Wenn es die einen gibt, warum sollte es nicht den anderen geben?«

Meister Emrys ärgerte sich, dass plötzlich er derjenige war, dem die Fragen gestellt wurden. Er hasste es, Fragen zu beantworten.

»Ich glaube an Lojnirn«, sagte er. »Aber ich glaube auch daran, dass er ein Geschöpf ist, dem wir Menschen zu unseren Lebzeiten nicht begegnen werden.«

»Und hier sitze ich vor Euch und offenbare Euch mein Geheimnis: Ich weiß, wo Lojnirn ist, wie ich ihn finden kann, und ich weiß, dass ich mit seiner Hilfe unsterblich werden kann. Ich bin kein Plauderer, ich gebe Geheimnisse nicht ohne Grund weiter. Ich offenbare es Euch, damit Ihr es in Eure hübschen Worte verpacken und in die Welt hinaustragen könnt. Ich offenbare es Euch, weil Ihr es in hübsche Worte verpacken und in die Welt hinaustragen *sollt*.«

Widerwillig setzte Meister Emrys den Griffel auf die Tafel und kritzelte die Worte Lojnirn und Unsterblichkeit in das Wachs. Für einen Sack voll Gold. Den Wahnsinn dieses Klienten konnte er später in seinem Gedicht strafen, geschickt und heimlich, wie er es immer getan hatte.

»Und mit dieser Unsterblichkeit gedenkt Ihr, die Weltordnung zu verändern?«, fuhr Meister Emrys fort. »Und den König zu stürzen und...« Der alte Meister tat sich schwer damit, die Worte auszusprechen. »...die Elfen vom Kontinent zu vertreiben.«

»Da Ihr ein frommer Mann seid, denke ich, dass Ihr mit den Liedern der Ahnen vertraut seid«, kehrte Igor von Aarden das Frage-Antwort-Spiel abermals um. »Wer war die erste aller Ahnen?«

»Die erste Ahnin ist die Mutter Derydiu.«

»Und Mutter Derydiu ist nicht nur die Mutter aller Menschen, sondern auch die Mutter der Magie. So steht es in den Liedern der Ahnen geschrieben: Mutter Derydiu war die erste Frau, die erste Magierin, und schuf das Reich Vilgard, das Jenseits, in dem die Seelen der Toten sich zur Ruhe legen. Sagt mir, Meister Emrys, war Derydiu ein Mensch?«

»Über die Auslegung dieser Frage streiten sich die verschiedenen Strömungen der Religion«, antwortete Meister Emrys. »Manche sehen die Ahnen als unsere echten, leiblichen Vorfahren, weshalb sie hierzulande Ahnen genannt werden. In anderen Gebieten des Kontinents hingegen werden sie als Götter bezeichnet, als übermenschliche Wesen, von denen der Mensch sich im Laufe seiner Evolution immer weiter entfernt hat, bis er an dem niedrigen Punkt angekommen ist, an dem wir heute stehen und den Göttern in nichts mehr als unserer Gestalt gleichen.«

»Aber unabhängig von diesen Strömungen ist Derydiu eines niemals: Eine Elfe. Richtig?«

Meister Emrys ahnte, in welche Richtung Igor von Aarden den Gedanken zu lenken versuchte, und ihm missfiel diese Richtung. Doch zugleich wusste er, dass er den Gedanken nicht aufhalten durfte: Es war seine Aufgabe, seinen Klienten zu verstehen, nicht, ihn zu belehren.

»Richtig«, sagte er also.

»Nun, das unterscheidet sich von den Behauptungen der Elfen-Historiker, dass die ursprünglichen Magier dieser Welt Elfen gewesen wären. Jedes Kind weiß, dass Elfen nicht imstande sind, Magie anzuwenden, sondern nur Menschen diese Fähigkeit in ihrem Erbgut tragen. Die Elfen, insbesondere das Volk der Gahan in Vruhdloan, nutzen diese verdrehte Geschichtserzählung, um die Ansprüche der Magier zu delegitimieren und die Magie nach und nach auszurotten. Und warum? Weil sie wissen, dass sie dem Menschen sonst ewig unterlegen sein werden. Die Elfen streben nach der totalen Herrschaft, erst über das Königreich Vruhdloan, dann über den Kontinent und schließlich über die ganze Welt. Das einzige, was ihnen dazu im Weg steht, sind die Magier, die sich gegen die Unterdrückung auflehnen und Widerstand leisten. Aber sobald die Magier aus dem Weg geschafft sind, was hält die Elfen noch auf? Sie bekleiden jeden wichtigen Rang innerhalb des Königreichs, sie lenken den König nach ihrem Willen und unterjochen das Volk mit ihren Truppen.«

Meister Emrys hörte diese Theorie nicht zum ersten Mal. Seit dem ersten Anschlag der gefürchteten Schattenwölfe, eine Gruppe gewalttätiger Magier, im Jahr 897 in der Stadt Noitka verbreitete sie sich zunehmend unter den Menschen. Zunächst nur hinter vorgehaltener Hand, in dunklen, stinkenden

Kneipen oder in schmutzigen Seitengassen. Doch seit Meister Emrys in den Ruhestand gegangen war, hörte er sie auch immer öfter im Gasthaus *Zur schönen Aussicht*. Das Volk begann zu glauben, was die Schattenwölfe ihm in die Köpfe gesetzt hatte, und es wurde nachsichtig, von wem die Theorie stammte. Schließlich hatten die Schattenwölfe irgendwo doch recht, hieß es dann. Natürlich sei die Gewalt, mit der sie ihre Ziele zu erreichen versuchten, schrecklich. Aber irgendwer musste die Elfen doch aufhalten, oder etwa nicht?

»Das Königreich Vruhdloan wurde mit dem Ziel gegründet, die Völker zu einen«, warf Meister Emrys ein. »Auch die Menschen und die Elfen, wenn nicht insbesondere die Menschen und die Elfen.«

»Was geschieht, wenn man einen Wolf und einen Luchs im selben Wald aussetzt?«, erwiderte Igor von Aarden. »Beide werden koexistieren, solange es genügend Beute für beide gibt. Aber was geschieht, wenn die Beute knapp wird? Dann werden die beiden in Konkurrenz stehen und nur einer von ihnen kann überleben. Die Bevölkerung von Vruhdloan leidet unter Armut und Hunger, während zur gleichen Zeit das Volk der Gahan einen der fruchtbarsten Flecken des Landes besiedelt und die höchsten Ränge des Königreichs bekleidet, bezahlt von den Steuern der armen Leute. Es herrscht ein Ungleichgewicht und die Elfen haben schon längst die Spitze erklommen, sie warten nur noch auf eine Gelegenheit, ihre Position zu festigen. Der Mensch und der Elf können nicht koexistieren, weil es nicht genug für uns alle gibt. Am Ende wird eine Rasse überlegen sein und die andere entweder unterwerfen oder auslöschen.«

»Wenn wir für einen Moment beim Wolf und dem Luchs bleiben: Wer bestimmt dann, welcher von beiden es wert ist, zu überleben? Sind nicht beide Arten gleichwertig?«

»Ich gebe zu, meine Metapher hinkt. Ein Wolf und ein Luchs sind zwar sehr verschieden, aber im Prinzip gleichwertig. Für den Menschen und den Elfen sieht das jedoch anders aus. Der

Mensch ist dem Elfen durch seine Magie auf natürliche Weise überlegen. Unsere Urmutter Derydiu hat das Reich Vilgard geschaffen für den Menschen, nicht für den Elfen. Und warum? Weil die Elfen im Gegensatz zu uns niedere Wesen sind. Sie taugen nicht dazu, mehr als Sklaven zu sein, auch wenn sie in blaue Roben gekleidet sind und im königlichen Rat sitzen. Ihre Art wird in den Liedern der Ahnen mit keinem Wort erwähnt, weil sie es schlichtweg nicht wert ist, erwähnt zu werden. Wenn also eine Rasse von diesem Kontinent weichen muss, dann ist es die, die nie dazu bestimmt war, überhaupt hier zu sein: Die Elfen.«

Meister Emrys spürte, wie seine Finger vor Wut zu beben begannen. Seine Hand schloss sich so fest um den Griffel, dass ihm die Knöchel weiß anliefen. Er hatte seit dem Raben Lojnirn und der Unsterblichkeit kein Wort mehr niedergeschrieben, zu sehr widerte ihn an, was sein Gegenüber von sich gab. Zwanzig Goldtaler hin oder her, er war nicht gewillt, auch nur ein einziges gutes Haar an diesem Kerl zu lassen.

»Und deswegen plant Ihr den König zu stürzen und die Elfen zu vertreiben?«, fragte er.

»Richtig. Und anstelle des Königs und der Elfen werden Magier die Herrschaft ergreifen, so wie es Mutter Derydiu bestimmt hat.«

Als Igor von Aarden das sagte, war sich Meister Emrys endlich sicher, wen er dort vor sich hatte. Der Mann im roten Wams war kein Kaufmann, er war auch kein Edelmann, seinem Namen zum Trotze, und erst recht kein Politiker. Er war Magier.

IV. VON AARDEN

»Ihr kommt aus Sarenja, aus dem Großfürstentum Jorden. Igor von Aarden, hat dieser Name irgendeine Bedeutung? Was ist Eure Abstammung?«

»Meine Familie ist Teil eines niederen Theysischen Adelsgeschlechts. Wir waren zwar keine Fürsten, aber Landbesitzer. Mein Vater, Frerik von Aarden, fiel 868 im Erbfolgekrieg von Jorden, wo er auf der Seite des Thronfolgers Godric von Jorden kämpfte. Er hinterließ meine schwangere Mutter mit zwei Söhnen und wenige Monate nach seinem Tod kam ich zur Welt, der dritte Sohn. Meine beiden Brüder, deutlich älter als ich, reisten früh in die Welt hinaus und meine Mutter zog mich allein groß. Sie war eine fürsorgliche und liebende Frau und sorgte mit dem Erbe meines Vaters dafür, dass ich eine anständige Bildung erhielt. Ich wurde in Geschichte und im Kaufwesen unterrichtet, besuchte regelmäßig den Tempel und las die Lieder der Ahnen. Als ich 16 Jahre alt war, erlag meine gute Mutter einem Fieber – möge sie in Frieden ruhen – und ließ mich als Herr über unsere Ländereien zurück. Ich erinnere mich noch, wie ich sie bestattet habe: Mit eigenen Händen habe ich Holz gesammelt und einen Scheiterhaufen errichtet, um ihre sterblichen Überreste zu verbrennen und ihr die Reise nach Vilgard zu gewähren. Und ich stand an ihrem Feuer, bis es heruntergebrannt war, eine ganze Nacht hindurch. Tage und Wochen verbrachte ich in Trauer, ehe auch meine Brüder auf ihren Reisen vom Tod unserer Mutter erfuhren und heimkehrten. Ich war jung und naiv und freute mich über ihre Rückkehr: Sie brachten Geschenke aus aller Welt, von kostbaren Vasen über feinste Stoffe bis hin zu edlen, feurigen Hengsten aus dem fernen Süden. Aber in meinem jugendlichen Gutglauben und meiner anhaltenden Trauer über den Verlust meiner geliebten Mutter begriff ich nicht, dass all diese Mitbringsel nur ein Versuch waren, mich zu blenden. Denn meine Brüder gierten nach dem Vermögen der Familie, das meine Mutter in ihrem letzten Willen mir, ihrem Jüngsten vermacht hatte. Meine Brüder, die anders als ich nicht bis zum Ende an der Seite unserer Mutter gestanden hatten, fühlten sich betrogen und planten, ihren vermeintlichen Besitz mit Gewalt zurückzuerobern. Sie wollten mich mit einem vergifteten Wein töten, aber eine gutherzige Magd bekam Wind von den Plänen und weihte mich ein. Ich war nur ein Jungspund gewesen, allein gegen zwei erwachsene Brüder und ohne eine Armee, die mir beistehen konnte. Also was blieb mir anderes übrig, um mein Leben zu retten, als ein Hinterhalt? Ich befahl einem kleinen Knaben, das Gift aus dem Zimmer meines Bruders zu stehlen, und beträufelte damit die Ränder der Kelche, aus denen wir trinken würden. Dann, als wir abends auf unsere Mutter anstießen, tat ich nur so, als würde ich den Wein trinken, denn ich wusste, dass er vergiftet war. Meine Brüder aber, die sich in Sicherheit wähnten, tranken munter. Es war schrecklich mit anzusehen, wie das Gift seine Wirkung entfaltete, wie die beiden zuerst rot und dann blau im Gesicht wurden, wie ihre Augen hervorquollen und ihnen die Adern unter der Haut platzten. Sie begriffen, dass ich ihnen eine Falle gestellt hatte, und versuchten mit Messern auf mich loszugehen, aber das Gift wirkte zu schnell und ich konnte fliehen. Von diesem Abend an hielt mich nichts mehr am Ort meiner Herkunft: Ich packte meine Sachen, wollte durch das Land ziehen und mit dem Erbe meiner Familie Handel treiben. Das Anwesen und die Ländereien überließ ich dem Gesindel.«

»Ihr seid also der letzte Eurer Blutslinie?«

»Das bin ich.«

Igor von Aarden schien darauf zu warten, dass Meister Emrys sich etwas auf seinen Tafeln notierte, aber die Hand des Dichters blieb still. Wenn ein Brudermord es nicht wert war, aufgeschrieben zu werden, musste er sich denken, was dann?

»Womit habt Ihr gehandelt?«, wollte Meister Emrys wissen.

»Was auch immer ein gutes Geschäft versprach. Wisst Ihr, als Händler muss man den Markt stets im Blick behalten und darf keinen Wandel verpassen. Wenn sich beispielsweise eine kriegerische Auseinandersetzung im Fürstentum zusammenbraut, lohnt es sich, kurz vorher in Eisen zu investieren, solange der Preis noch niedrig ist, um es dann teuer an die Kriegsparteien verkaufen zu können. Oder wenn ein Fürstenpaar ein Kind erwartet, empfiehlt es sich, Farben und Stoffe einzukaufen, aus denen später Banner und Fahnen für die Festlichkeiten hergestellt werden. Oder wenn das Fürstentum Tarin wieder einmal die Steuern für den Überseehandel anhebt, sollte man Pferde verkaufen, damit die Händler ihre Waren über Land nach Airia bringen können. Somit lässt sich die Frage, womit man gehandelt hat, kaum konkret beantworten, erst recht nicht so viele Jahrzehnte später.«

Igor von Aarden verstand etwas vom Geschäft des Kaufmanns, so viel stand fest. Aber Meister Emrys glaubte ihm nicht, dass er viel Interesse für Eisen, Stoffe, Farben oder Vieh hegte. Von Aarden wusste ganz genau, womit er gehandelt hatte, auch noch Jahrzehnte später konnte er es unmöglich vergessen haben. Er weigerte sich bloß, etwas zu sagen, was den Anschein eines anständigen Mannes schädigen könnte. Meister Emrys hingegen hatte seine Vermutungen und die machten sein Gegenüber nicht gerade sympathischer.

»Ich nehme an, Ihr konntet ein gutes Vermögen aufbauen?«, fragte Meister Emrys mit Blick auf den schweren Geldbeutel, der immer noch zwischen ihm und Igor von Aarden lag.

»In der Annahme liegt Ihr richtig.«

»Was habt Ihr mit diesem Vermögen gemacht? Wofür habt Ihr es ausgegeben?«

»Teile davon habe ich angelegt, Teile habe ich in meine Heimat bringen lassen, um den meinigen dort ein gutes Leben zu ermöglichen. Ich habe während meiner Jahre auf Reisen sparsam gelebt und brauchte nicht viel, um zufrieden zu sein. Ein Dach über dem Kopf für die Nacht und eine sättigende Mahlzeit im Bauch genügten mir. Natürlich darf ein Händler auch keinen unanständigen Anschein erwecken und im Viehstall schlafen, natürlich muss er auch auf ein gepflegtes Äußeres achten. Aber auf alles, was ich nicht zum Überleben oder zum Handeln brauchte, habe ich verzichtet.«

Welch bescheidener Mann, der zwanzig Goldtaler für ein Gedicht über sich selbst ausgab, dachte Meister Emrys. Wirklich, die Mäßigkeit in Person.

Wieder blickte Igor von Aarden auf die Wachstafel und schien sich abermals zu wundern, warum der Dichter nichts schrieb. Der alte Meister Emrys war vor ihm schon vielen Blendern begegnet, einer schamloser als der andere. Und er hatte schnell gelernt, was ihre größte gemeinsame Schwäche war: Sie waren derart überzeugt von sich selbst, dass sie nie begriffen, wenn ihr Gegenüber ihre Lügen schon längst durchschaut hatte. Sie hielten den Dichter für unerfahren und gutgläubig, schließlich hatte er sein Leben lang am gleichen Ort verbracht, den Kopf stets tief in Papier und Pergament versunken und immerzu Tintenflecken auf den Händen. Denn sie verstanden nicht, dass das geschriebene Wort einen so viel mehr zu lehren vermochte, als man selbst je erleben könnte. Der Dichter hatte nicht nur sein eigenes Leben, sondern die Leben tausender anderer Gestalten erfahren, sei es durch die Geschichten, die er las, oder durch die Erzählungen, die ihm mündlich zugetragen wurden. Er war weder gutgläubig noch unerfahren und er wusste, dass die Geschichte Igors von Aarden nichts als eine

Lüge war. Dazu hatte er ihm nicht einmal zuhören, sondern ihn nur ansehen müssen.

Denn Meister Emrys hatte bereits vielen Adligen gegenübergesessen und keiner, wirklich keiner, in dessen Adern auch nur ein Tröpfchen adliges Blut floss, trug einen Goldring am rechten Ohr.

V. DIE WEIßE WÖLFIN

»Wenn Ihr ein erfolgreicher Händler wart und damit ein gutes Vermögen aufbauen konntet, was hat Euch dann nach Vruhdloan verschlagen? Warum habt ihr beschlossen, gegen das Königreich und gegen die Elfen zu kämpfen? Wie ist aus Igor von Aarden, dem Theysischen Adligen, dem letzten seiner Blutslinie, einem ehrenhaften Kaufmann, jener Mann geworden, der heute vor mir sitzt und mir davon erzählt, wie er die Ordnung der Welt zu ändern gedenkt?«

»Ihr stellt wahrhaftig die richtigen Fragen, Meister Emrys«, sagte Igor von Aarden und senkte nachdenklich den Blick wie jemand, der in sich hineinlauschte und versuchte, seine Gedanken zu ordnen. Doch Meister Emrys war sich sicher, dass die Worte, die über seine Lippen kamen, wohl bedacht und ausgefeilt waren, genauso wie jede Geste, die er tat, und jede Miene, die er verzog.

»Da Ihr ein gebildeter Mann seid, wisst Ihr womöglich über die Situation zwischen Menschen und Elfen im Großfürstentum Jorden. Man könnte sagen, das Fürstentum leidet unter einer regelrechten Plage von Elfen, wie ein Befall von Ungeziefer. Das Elfenvolk weigert sich, den Fürsten und seine Herrschaft anzuerkennen und anstatt vernünftig zu sein und sich einen anderen Flecken Erde zu suchen, besetzen sie die Ländereien der Menschen und bauen ganze Siedlungen auf Grund, der ihnen nicht zusteht. Das Fürstentum kämpft schon lange gegen die Belagerung der Elfen an, aber sie sind einfach nicht totzukriegen, egal wie viele von ihnen man auch aufknüpft.«

Meister Emrys wusste sehr wohl über die Situation im Osten Sarenjas. Aber anders als Igor von Aarden hütete er sich vor derartig vereinfachten und verzerrten Darstellungen eines komplexen, historisch gewachsenen Konflikts, der Jahr für Jahr etliche Tote forderte – insbesondere Elfen.

»Nach einigen Jahren erfolgreichen Handels beschloss ich, meiner Heimat in Aarden mal wieder einen Besuch abzustatten. Ich reiste viele Wochen aus dem Norden Sarenjas, passierte die Berge nach Jorden und erreichte schließlich meine Ländereien. Aber bei meiner Ankunft musste ich mit Schrecken feststellen, dass das Anwesen meiner Vorfahren von einem Mob wütender Elfen bis auf die Grundmauern zerstört worden war. Ich suchte nach Überlebenden, aber auch das unschuldige Gesindel hatten diese Barbaren erbarmungslos abgeschlachtet; sowohl die Männer als auch die Frauen und die Kinder und die Greise. Sie hatten nichts übrig gelassen außer dem Vieh und dem fruchtbaren Land, das sie sich einverleibt hatten, um ihre Siedlung darauf aufzubauen. Die Elfen nahmen mich augenblicklich gefangen, sobald sie mich bemerkten, und hätten mich beinahe ebenfalls getötet. Doch ich konnte sie überzeugen, dass keine Gefahr von mir ausging. Ich schwor bei den Ahnen, dass ich nur meine Toten bestatten wollte und danach das Weite suchen und nie wieder zurückkehren würde. Die Elfen ließen mich gewähren und gaben mir einen Tag und eine Nacht – wenn ich auch nur eine Stunde länger bleiben sollte, würden sie mich umbringen und meine Leiche in einen Graben werfen.«

»Wie ich sehe, konntet Ihr die Abmachung einhalten.«

»Ich verbrachte Stunden damit, die Überreste meiner Angehörigen zu sammeln. Manche von ihnen lagen schon so lange in der Sonne, dass kaum mehr als die Knochen übrig waren. Ich entfachte ein Feuer, so groß ich es zustande bringen konnte, und sang das Lied des weißen Raben Lojnirn, während ich die armen Seelen der Verstorbenen von ihren irdenen Fesseln befreite. Hört, Meister Emrys, ich weiß, Ihr seid zwar fromm, aber weder abergläubisch noch mystisch. Dennoch bitte ich Euch, mir zu glauben, wenn Ihr wirklich verstehen wollt, was mich hierher nach Vruhdloan gebracht hat.«

Meister Emrys hatte Igor von Aarden bis hierhin kein einziges Wort geglaubt und er gedachte nicht, jetzt damit anzufangen. Doch das sagte er nicht, sondern nickte nur stumm.

»Es war Vollmond, als ich die Toten bestattete, und während das Feuer brannte und ich Lojnirns Lied sang, erschien mir plötzlich eine leuchtende Gestalt im Schein der Flammen. Es war Neija, die weiße Wölfin, Wächterin des Mondes und Vilgards. Sie trat vor mich und sprach zu mir: Igor von Aarden, Sohn von Frerik von Aarden, höre meine Worte. Die Elfen bedrohen das Leben der Menschen auf diesem Kontinent und es ist an der Zeit, sie aufzuhalten. Hier, in deiner Heimat, haben sie nichts mehr als ihre Siedlungen, sind noch schwach und verletzlich. Im Westen aber, in Vruhdloan, haben sie bereits die Kontrolle über das Königreich erlangt und den Kampf gegen die Magier, die Kinder Derydius, begonnen. Die Magie, das großartige Geschenk der Mutter Derydiu, ist in Gefahr, und mit ihr die gesamte Menschheit. Nimm dein Pferd und reite nach Westen, noch bevor die Sonne aufgeht. In Vruhdloan warten willige und fähige Kämpfer auf dich, deine Aufgabe wird es sein, sie unter deinem Befehl zu vereinen und anzuführen. Ich und mein Bruder Eardon, der Sonnenwolf, werden dich auf deinem Weg geleiten und dich vor allem Bösen beschützen.«

Vielleicht war das auch alles nur ein Traum, dachte Meister Emrys heimlich. Ein verwirrter Traum eines verwirrten alten Mannes. Aber wenn es ein Traum war, dann sollte es doch ein Leichtes sein, ihn zu beenden, oder etwa nicht? Ein Traum ließ sich steuern, und allmählich wurde der alte Dichter dieses seltsamen Traums überdrüssig. Er konnte das ziellose, nicht enden wollende Gefasel nicht mehr ertragen.

»Genug davon«, unterbrach er Igor von Aarden, ehe dieser sich noch weiter die Zunge fusselig reden konnte.

Sein Gegenüber stockte, schien für einen kurzen Moment irritiert. Dann schwenkte die Verwirrung in Zorn um und mit einem Mal war von dem charmanten Lächeln, um das er sich so lange Zeit bemüht hatte, nichts mehr übrig.

Ah, nun zeigte er also sein wahres Gesicht, dachte Meister Emrys. Gut. Vielleicht war das hier also doch kein Traum. Aber auch die Realität ließ sich lenken – so wie Igor von Aarden soeben wertvolle Zeit verschwendet hatte mit dem Versuch, den alten Meister Emrys zu lenken. Nicht so einfach, mein Freundchen, nicht mit mir.

»Ich weiß, dass Ihr mich belügt. Ich weiß, wer Ihr seid.«

Igor von Aarden hob drohend die Augenbraue und öffnete den Mund, um etwas zu sagen, aber Meister Emrys brachte ihn mit einer bestimmten Handbewegung zum Schweigen. Wie überrascht die Leute immer wirkten, wenn der stille Poet mit einem Mal nicht mehr so still war.

»Ich weiß, wer ihr seid, und ich bin gewillt, Eure Lebensgeschichte aufzuschreiben. Ja, ich bin sogar sehr gewillt, sie aufzuschreiben. Aber dazu brauche ich Wahrheiten, keine Lügen. Ich lasse mich nicht für Märchen bezahlen.«

Igor von Aarden oder wie auch immer sein Name wirklich sein mochte, lehnte sich zurück und setzte ein Lächeln auf. Seine Augen waren so unglaublich kalt.

»Ihr seid so scharfsinnig, wie Euer Ruf es verspricht. Sagt mir, Meister Emrys, wer bin ich?«

Meister Emrys legte den Griffel auf dem Tisch ab, in einer parallelen Linie zur Schreibtafel. Dann griff er zu seinem Kelch und trank einen Schluck vom guten 924er Wein. Sein Gast hatte sein Getränk seit seiner Ankunft kein einziges Mal angerührt. Meister Emrys tupfte sich den Mund mit dem Zipfel seines

Ärmels ab, nachdem er den hölzernen Kelch wieder abgesetzt hatte, und atmete tief durch, ehe er auf die Frage des Mannes antwortete.

»Ihr seid der meistgesuchte Mann unseres Kontinents. Ihr seid der Wolf.«

Der Wolf grinste. Sein Deckname, Igor von Aarden, wurde im gleichen Augenblick, wie er das tat, hinfällig. Es war bekannt, dass der Wolf viele Namen verwendete; so war es ihm seit dem Anschlag im Jahre 897 gelungen, nie gefasst zu werden.

»Und dennoch seid Ihr gewillt, meine Geschichte niederzuschreiben?«, wunderte sich der Wolf.

Meister Emrys hatte viele Jahre damit zugebracht, sein Alter zu verfluchen. Doch eine gute Sache hatte es, alt zu sein, wie er nun feststellen musste: Es gab nichts mehr, das man noch verlieren konnte. Und zum ersten Mal in seinem Leben wagte er es, offen zu sagen, was er dachte.

»Ich verachte Euch. Ich verachte Eure Taten und ich verachte Eure Überzeugungen. Ich verachte Euch für Eure Selbsteinladung und ich verachte Euch für Euer Gold. Und weil ich Euch so sehr verachte, werde Ich Euer Angebot annehmen. Ich werde ein Gedicht über Euch verfassen. Aber ich werde Euch in meinen Versen nicht ehren, so viel verspreche ich Euch.«

»Gut«, erwiderte der Wolf zu seiner Überraschung und nickte langsam. »Das ist gut.«

Er bleckte die Zähne und endlich passte die Grimasse, die seine Lippen schnitten, zu seinen kalten, erbarmungslosen Augen.

»Schreibt mir ein Gedicht, das meine Feinde das Fürchten lehrt.«

»Das werde ich«, versicherte Meister Emrys. »Aber ich wiederhole: Dafür brauche ich Wahrheiten.«

Der Wolf beugte sich vor und stützte sich mit den Unterarmen auf die Tischplatte. Er hielt den Blick gesenkt und wiegte unruhig den Kopf hin und her. Für einen kurzen Augenblick war er wieder Igor von Aarden, ein einfacher Kaufmann, nahbar und verletzlich, beinahe menschlich. Es erfüllte Meister Emrys mit Bewundern und gleichzeitig Furcht, wie schnell dieser Mann seine Masken zu wechseln vermochte.

»In Ordnung. Ihr sollt Wahrheiten haben. Zum Preis, dass Ihr niemand anderem je davon erzählen werdet. Nicht dem Wirt *Zur schönen Aussicht*. Nicht den Priestern des Tempels. Und auch nicht Eurem Hausmädchen.«

Der Wolf hob den Kopf und schenkte dem Dichter das unschuldigste Lächeln, das er aufbringen konnte.

»Glaubt mir, ich werde es wissen, wenn Ihr plaudert.«

»Ich schreibe Gedichte«, erwiderte Meister Emrys. »Ich brauche nicht zu plaudern.«

VI. DER RABE

Bis auf einige verrostete Gelenke und schlapp gewordene Muskeln hatte Meister Emrys sich nie wirklich alt gefühlt. Für seine nun mehr als 70 Lebensjahre erfreute er sich bester Gesundheit, wie auch sein Arzt immer wieder zu sagen pflegte. Doch nach dem Besuch des Wolfes änderte sich das. Meister Emrys spürte das Zittern in seinen Händen zum ersten Mal, als er die weißen und gelben Nelken aus der Vase nahm und das abgestandene Wasser in einen Eimer goss. Mit dem Wasser wurde auch der Schlüssel herausgespült, den er vor zwei Sommern hineingeworfen und nie wieder in die Hand zu nehmen geschworen hatte. Meister Emrys hatte in seinem Leben noch nie zuvor einen Schwur gebrochen. Erstaunlich, was ein Sack voll Gold und ein kaltes Paar Augen bewirken konnten.

Mit bebenden Fingern fischte der alte Meister den Schlüssel aus dem Wasser, schüttelte ihn und trocknete ihn mit dem Zipfel seines Ärmels. Die Nelken stellte er zurück in die Vase. Das Wasser ließ er im Eimer. Warum, konnte er sich selbst nicht erklären. Er tat es einfach.

Als Meister Emrys die Treppe zu seinem Schreibzimmer hinaufstieg, spürte er das Zittern auch in seinen Beinen. Es war so stark, dass er sich mit seinem ganzen Gewicht auf das Treppengeländer stützen musste, um nicht das Gleichgewicht zu verlieren. Dreimal versuchte er den Schlüssel in das Schloss zu stecken und dreimal rutschte er ab. Beim vierten Mal fiel ihm der Schlüssel aus der Hand und schlug polternd auf den Dielen auf. Ein melodisches, hölzernes *Klonk*. Der fünfte Versuch gelang schließlich.

Alles war so, wie er es vor zwei Jahren zurückgelassen hatte. Ein wenig staubiger und mit mehr Spinnenweben, das musste er zugeben, aber ansonsten unverändert. Mit wackligen Knien ging der alte Meister zu seinem Tisch, klopfte den Staub vom Polster seines Stuhls und setzte sich.

Das Holzschächtelchen mit den Federn lag ordentlich neben dem Tintenfass mit den weißen und gelben Blumen, kunstvoll in symmetrischen Mustern angeordnet. Das Geschenk einer alten Geliebten. Eine Frau, die dem Dichter ans Herz gewachsen war wie keine andere Geliebte. Eine Hofmagierin, die 897 ihr Leben in Noitka gelassen hatte.

Meister Emrys öffnete die Schachtel, wie er es all die Jahre getan hatte, dann kramte er aus einer Schublade unter dem Tisch ein kleines Messer hervor. Er zog die Klinge aus der Scheide, nahm die feinste seiner Federn aus der Schachtel und setzte das Messer an, um die Federspitze zu schärfen. Seine Hand zitterte dabei so stark, dass er mehrmals abrutschte, einmal beinahe die Feder durchtrennte und einmal in seinen Daumen schnitt. Fluchend ließ der Dichter das Messer fallen und setzte den Daumen an die Lippen, um die Blutung zu stillen. Dabei tropfte auch etwas Blut auf ein Blatt Papier. So poetisch.

Meister Emrys hatte den Geschichten des Wolfes bis in die späten Abendstunden gelauscht. Manches davon hatte er in seinen Wachstafeln verewigt, anderes hatte ihn wortlos zurückgelassen. Ein wortloser Dichter. Das kam ihm bekannt vor. Danach hatte er das Gold an sich genommen und den Wolf gebeten, in einem Monat zurückzukehren, um sein Gedicht zu empfangen. Zu seiner Verwunderung hatte der Wolf ohne Widerworte eingewilligt.

Zwanzig Goldtaler und ein Monat für eine Ballade über den Wolf. Genauer gesagt, über die Wahrheit hinter dem Wolf.

Über ein Kind, das nie seine Mutter oder seinen Vater gekannt hatte. Über einen verlorenen jungen Mann, der weder adlig noch ein ehrbarer Kaufmann gewesen war. Über einen verlogenen Schwindler und Betrüger, der nichts von seinem Reichtum selbst erarbeitet hatte. Über einen kaltblütigen Mörder, der sogar seine eigene Ehefrau nur für ihre Gebeine lieben konnte. Über einen verwirrten Größenwahnsinnigen, der nichts als dem eigenen Ruhm hinterherrannte. Über ein Monster, das kein Gefühl von Reue kannte.

An den Dingen, die Meister Emrys am vergangenen Tag gehört und erfahren hatte, war nichts Poetisches zu finden. Kein auch nur so winziges Fünkchen Schönheit, keine Tragik, keine Romantik. Nichts als abgrundtiefe, widerwärtige Grausamkeit.

Und doch wollte er diese Ballade schreiben. Nicht des Goldes wegen. Nicht der Ehre wegen. Auch nicht der Angst wegen. Meister Emrys hatte Angst, das wollte er gar nicht leugnen. Er hatte schreckliche Angst vor diesem Mann. Und dabei war er nie ein ängstlicher Mensch gewesen.

Aber er wusste, dass er etwas gesehen hatte, das sonst keinem anderen jemals zu Gesicht gekommen war. Er wusste, dass der Wolf vor ihm Dinge offenbart hatte, die niemand anders je erfahren sollte. Der alte Dichter wusste, dass er nicht von dieser Welt scheiden konnte, ehe er nicht dieses Gedicht vollendet hatte. Dieses eine, letzte Gedicht, wie es kein anderer jemals imstande wäre zu schreiben.

Die Tage verstrichen und das Papier blieb leer. Dem Dichter fehlten die Worte und auch der Wolf hatte sie ihm nicht zurückbringen können. An manchen Tagen, wenn er seinen gewohnten Weg am Fluss entlang ging, spielte er mit dem Gedanken, sich in dem dunklen, kalten Wasser zu ertränken. Ein unpoetischer Tod für einen Dichter ohne Worte. Doch das war ihm zu feige. Er wollte kein Feigling sein. Er war sein Leben lang nie ein Feigling gewesen. Ein zurückgezogener Sonderling vielleicht. Aber nie ein Feigling.

Aus den Tagen wurden Wochen, das Wetter wurde kälter und der Sommer wich dem Herbst. Noch immer blieb das Papier leer; obwohl der Dichter sich jeden Morgen bei Sonnenaufgang an seinen Tisch setzte, die Feder aus dem Holzschächtelchen nahm, das Tintenfass öffnete und wartete. Darauf, dass die Worte zu ihm zurückkamen. Doch alles, was kam, war das Zittern. Und dieses verdammte Zittern wollte einfach nicht verschwinden. Das fiel auch dem Jungen im Wirtshaus *Zur schönen Aussicht* auf.

»Dir geht es nicht gut, Emrys. Was ist los?«

Meister Emrys war nur ein Stolpern seiner Zunge davon entfernt, zu plaudern. Aber seine Lippen waren wie versiegelt. In ihm stauten sich die Gedanken, doch sie wollten keine Worte formen, weder auf seiner Zunge noch in seinen Fingern.

Was, wenn er die Justiz einschaltete, wunderte er sich oft, wenn er abends in seiner Stube saß, neben ihm auf dem Tisch die vertrockneten Nelken, vor ihm der Weinkelch, den der Wolf nie angerührt hatte. Das Zimmermädchen hatte ihn wegräumen wollen, aber Meister Emrys hatte es ihr verboten. Alles sollte dort bleiben, wo der Wolf es hinterlassen hatte. Das galt auch für den Stuhl, den der Wolf nur halbherzig an den Tisch zurückgeschoben hatte. Meister Emrys hasste es, wenn Leute den Stuhl nicht richtig zurückschoben. Und er spürte die Wut jeden Abend in sich aufkochen, wenn er hier saß. Dennoch änderte er nichts daran.

Noch zwei Wochen, dann würde der Wolf zurückkehren. Das war genügend Zeit, um gemeinsam mit den Wächtern einen Plan auszuhecken, wie sie ihm auflauern und ihn gefangen nehmen konnten. Der Dichter musste nur reden und dann könnten sie dem Spuk der Schattenwölfe ein für alle Mal ein Ende bereiten. Es würde wieder Frieden im Königreich einkehren. Vielleicht. Hoffentlich. Aber der Dichter redete nicht. Warum, konnte er sich selbst nicht erklären. Er tat es einfach nicht.

Eine Woche noch, bis der Monat herum war. Das Papier war immer noch leer. Nur der Blutfleck zierte die Fußzeile, inzwischen nicht mehr rot und poetisch, sondern braun und dreckig. Der Dichter saß an seinem Platz wie so oft, das Fenster mit der Aussicht auf die Weinberge hatte er geöffnet. Ein kühler Herbstwind wehte herein und trug den Duft von feuchten Wiesen und totem Laub in das Schreibzimmer. So poetisch. Und doch nicht poetisch genug.

Meister Emrys hielt die Feder in der Hand, das Tintenfass mit den weißen und gelben Blumen war geöffnet. Der Deckel mit seinem Namen lag daneben, parallel zum Fass. Alles in seinem Haus war in Parallelen angeordnet.

Angestrengt starrte der Meister auf das leere Papier, als könnte er dadurch die Worte beschwören. Aber sie blieben ihm verwehrt, ertranken im Sturm der Gedanken, der in seinem Kopf tobte. Verloren sich im Zittern seiner Hände, verließen ihn, bevor er sie formen konnte.

Ein Flügelschlagen ertönte vor dem Fenster, gefolgt von einem Klappern und einem tiefen, kehligen *Krah*.

Meister Emrys hob den Kopf und blickte geradewegs in die Augen eines großen, prächtigen Raben. Der Vogel blickte zurück, legte den Kopf schief, blinzelte mit den knopfförmigen, schwarzen Augen. Sein Gefieder glänzte seiden und bläulich im Schein der Sonne, die sich ihren Weg durch den bewölkten Herbsthimmel bahnte wie Wasser, das durch ein Sieb sickerte. Ein scharfes Kratzen war zu hören, während der Rabe auf dem Sims umhertrappelte und den alten Mann vor sich neugierig beäugte und dabei immer wieder den Kopf hin und her neigte. Der Mann blickte zurück. Er bemerkte, dass das Zittern aufgehört hatte.

Krah, sagte der Rabe erneut und zuckte dabei mit den angelegten Flügeln. Meister Emrys nickte, dann tauchte er die Feder in das Tintenfass und begann zu schreiben.

VII. UNSTERBLICH

Der Wolf kehrte an einem Tag im Frühherbst zurück. Nicht nach einem Monat wie abgemacht, sondern nach einem Monat und zwei Tagen. Meister Emrys hatte jeden einzelnen davon gezählt. Er hasste es, wenn Leute sich nicht an Vereinbarungen halten konnten. Überhaupt fiel ihm nichts ein, was er am Wolf nicht hasste.

Wieder trug der Wolf das rote Wams, wieder blitzte der goldene Ohrring in der Sonne. Meister Emrys fragte sich, warum an einem Tag wie diesem überhaupt die Sonne schien, und er fühlte sich von der Natur verspottet. Für ihn war an diesem Tag in Sonnweide überhaupt nichts sonnig und an der schönen Aussicht auf die Weinberge überhaupt nichts schön.

Der Wolf wartete nicht darauf, hereingebeten zu werden. Er lud sich selbst ein. Wie vor einem Monat und zwei Tagen. In der Stube war es dunkel, wenigstens hier. Noch immer hingen die toten Blumen kümmerlich in der Vase, noch immer stand der Kelch mit dem Wein an der gleichen Stelle. In der Zwischenzeit waren darin eine Stubenfliege und eine Mücke ertrunken. Meister Emrys wusste, dass diesen Wein niemand mehr trinken würde. Aber er hatte ihn stehengelassen. Sein eigener Kelch, leer bis auf einen kümmerlichen kleinen Tropfen, stand daneben. Ein dunkelroter Rand zeichnete sich auf dem Holz ab. In der Mitte des Tisches lag ein Papier, beschrieben mit schwarzer Tinte. Ein alter Blutfleck zierte die Fußzeile, braun und dreckig.

Der Wolf setzte sich. Selbstverständlich und selbstgefällig wie vor einem Monat.

»Ihr habt nicht geplaudert. Das bewundere ich. Warum?«

Meister Emrys setzte sich ebenfalls. Ihm war nicht danach zu sitzen, aber er war zu erschöpft, um zu stehen.

»Ich schreibe Gedichte. Ich brauche nicht zu plaudern.«

Er deutete auf das beschriebene Papier. In der Kopfzeile stand in großen, geschwungenen Lettern der Titel der Ballade geschrieben: *Ballade vom Wolf und dem Raben.*

»Seht selbst«, forderte er seinen unerwünschten Gast auf.

Der Wolf nahm das Papier vom Tisch und begann aufmerksam zu lesen. Keine Regung war auf seinem Gesicht zu sehen, nur das aufgesetzte charmante Lächeln auf den Lippen und diese schrecklichen, abartigen, eiskalten Augen. Meister Emrys fragte sich, ob dieser Mensch überhaupt imstande war, etwas zu empfinden. Und wenn nicht, ob man ihn dann noch einen Menschen nennen konnte. Hätte man ihn doch einfach ersäuft, als er noch ein Kind gewesen war. Aber nein, stattdessen versuchte man ihn zu retten, als man ihn halb erfroren in den Armen seiner verstorbenen Mutter fand. Hätte man doch bloß gewusst, dass dieses Kind eines Tages das schrecklichste Monster des Jahrhunderts werden sollte. Hätte bloß ein anderer rechtzeitig dieses charmante Lächeln durchschaut. Hätte Meister Emrys bloß den Mut, ein Messer zu ziehen und es dem Wolf in den Schädel zu schlagen. Aber das konnte er nicht. Denn er war ein Dichter, kein Mörder. Und ein Dichter handelte nicht. Ein Dichter schrieb.

»Ihr übertrefft Euren Ruf«, sagte der Wolf, als er zu Ende gelesen hatte, und legte das Gedicht zurück auf den Tisch. Das wertvolle Papier zerknitterte dabei unter seinen Fingern. Das ärgerte Meister Emrys.

»Wahrlich, Ihr seid der beste Dichter unseres Jahrhunderts.«

Meister Emrys hatte sein Versprechen gehalten, den Wolf in keinem einzigen Vers zu loben. Und dennoch blähte dieser die Brust auf wie ein stolzer Hahn. Wie wenig Menschlichkeit konnte nur in diesem Ungeheuer stecken, dass es auch noch Stolz dabei empfand, über seine Taten zu lesen?

»Ich war der beste Dichter des Jahrhunderts«, korrigierte Meister Emrys. »Das hier war mein letztes Gedicht. Und wenn Ihr aus dieser Tür wieder nach draußen geht, möchte ich Euer Gesicht nie wieder in meiner Nähe sehen, noch will ich Euer Geld jemals wieder auf meinem Tisch haben. Ist das klar?«

»Sicherlich.«

Der Wolf lächelte, als wäre er Igor von Aarden bei einem Verkaufsgespräch. Einladend, freundlich. Beinahe zahm.

»Aber bevor ich gehe, möchte ich zum zweiten Teil Eurer Bezahlung kommen. Ich habe versprochen, Euer Gedicht unsterblich zu machen. Und Ihr sollt wissen, ich bin ein Mann, der seine Versprechen hält.«

Wenn Meister Emrys noch einmal das Wort *unsterblich* hören musste, dann würde er vielleicht wirklich noch ein Messer ziehen. Er hatte sich innerhalb des letzten Monats immer wieder über sich selbst gewundert. Warum sollte er nicht doch noch einen Mord begehen?

»Verzeiht, der Herr. Aber ich glaube nach wie vor nicht an die Unsterblichkeit. Weder an die des Fleisches noch an die des Wortes. Alles vergeht irgendwann und in ferner Zukunft wird sich niemand an unsere Namen oder unsere Taten erinnern. Und warum sollten sie auch? Die Welt wird in hundert Jahren eine andere sein, als sie heute ist. In tausend Jahren wird sie für unsereins unkenntlich sein. Wir alle kommen auf diese Welt, nehmen unseren Platz ein, erfüllen unsere Aufgabe und gehen, wenn es an der Zeit ist. Vielleicht werde ich schon den nächsten Frühling nicht mehr erleben – aber dafür wird ein anderer, junger Dichter an meine Stelle treten und neue Verse in die Weiten unseres Kontinents hinaustragen. Nein, ich mache mir wirklich nichts aus der Unsterblichkeit. Ich habe meine Zeit gelebt und meinen Dienst getan.«

Der Wolf in menschlicher Gestalt lehnte sich zurück und lachte. Er lachte mit einem viel zu breiten Grinsen und viel zu kalten Augen und er lachte viel zu lange. Ausgelassen, sympathisch. Beinahe ungefährlich.

»Welch schöne Worte, Meister Emrys. Wahrlich, welch schöne Worte.«